La Casa de les Acàcies

Mercè Canela

BARCANOVA
EDITORIAL

FSC
El paper utilitzat en aquesta edició compleix
els requisits mediambientals FSC, que garanteixen
un circuit sostenible en tota la cadena de producció.

Equip editorial:

Projectes: Sara Moyano
Edició: Albert Lázaro

Fotografia de la coberta: Cubo / HighRes Press Stock

Mallorca, 45, 4a planta
08029 Barcelona
Telèfon 932 172 054. Fax 932 373 469
barcanova@barcanova.cat
www.barcanovainfantilijuvenil.cat

Catorzena edició: febrer de 2011
Tercera impressió: octubre de 2014
ISBN: 978-84-489-1941-2
DL B. 6142-2011

Printed in Spain

Vull donar les gràcies a Glòria Casas,
Irene Clop, Kilian Crespo, Àlex Hernández,
Marta Iglesia, Enric Jorge, Esther López,
Ariadna Masip, Anna Mitjans, Ariadna Peyo,
Alfons Puig, Carles Roman, Anna Sardà,
Àlex Suris i Maria Tarragó, alumnes de l'escola
Garbí, que van fer de lectors de la primera
versió d'aquesta novel·la.

1

Em dic Marcel. Visc en un poble no gaire gran on plou sovint. Es diu Orzac. Els carrers són costeruts perquè el poble està al peu d'una muntanya que, en lloc d'acabar en punta, té una forma així com de palangana gegant, ja que en realitat és el cràter d'un volcà apagat. N'hi ha més, de volcans apagats, pels volts d'Orzac: fa milers i milers d'anys, tota aquesta zona era com una mena d'olla de xocolata desfeta ben espessa que bullia i escopia foc i lava. Devia ser molt emocionant. Per Orzac hi passa un riu amb l'aigua molt freda, però molt neta, no com el riu de la ciutat on vivia abans.

Avui han començat les vacances d'estiu i no sé què fer. La mare ha anat a treballar a la fonda i jo m'he quedat sol a casa. M'agradaria sortir i anar a jugar amb el René i la seva colla. Suposo que han baixat al riu, o potser han anat al camp de rugbi. Però ahir, quan es van acabar les classes, no em van pas dir si voldria anar amb ells. La mare em diu que no he d'esperar que siguin sempre els altres els qui vinguin a buscar–me.

—Vés-hi tu i demana'ls si et volen a jugar —em diu.

Ella no ho entén: no és tan senzill. I si em diuen que no? O si em diuen que sí, però no em fan ni cas? Llavors encara és pitjor. Durant el curs, com que estàvem junts a classe, era més fàcil, però ara que hem començat les vacances...

A Orzac fa només un any que hi visc, des de l'estiu passat, que és quan ens vam instal·lar a la caseta de la tia Rose. Abans hi havia vingut de vegades a passar uns quants dies de vacances, però mai no havia parlat gaire amb els nens del poble: no sé per què, però tenia la sensació que no els queia gaire bé. L'estiu passat, quan vam venir a viure-hi, hi vaig fer dos amics, però eren forasters, com jo, i se'n van anar a finals d'agost. Llavors em vaig quedar sol.

La tia Rose es va morir l'hivern de l'any abans. Em va saber molt de greu, encara que ja era molt velleta.

—Un dia o altre tindrem un ensurt —deia sempre la mare.

Fins que, una nit, ens van telefonar i ens van dir que estava molt greu, i al cap de pocs dies es va morir.

Vam tenir una bona sorpresa quan vam saber que ens havia deixat la caseta a nosaltres! Perquè, de fet, la tia Rose no era parenta de la mare: era tia-àvia del meu pare, tot i que s'estimava moltíssim la meva mare. A mi em sembla que era l'única persona de la família del meu pare que se l'estimava. Encara que, d'això, la mare no en parla. Els altres mai no ens han fet gaire cas; ni la meva àvia de Bordeus, la mare del pare, que amb prou feines ens ha vingut a veure. La mare diu que és perquè ja és molt gran, però jo no m'ho acabo d'empassar.

La tia Rose sí que n'era, de gran, i en canvi sempre pensava en nosaltres: ens telefonava i ens escrivia, i ens enviava regals; ens feia arribar fruita i verdura —no sé pas com—, i formatge i ous, que deia que eren més frescos que els que compràvem a ciutat, i sempre hi posava una joguina per a mi.

El meu pare es va morir quan jo era petit i, tot i que me'n recordo poc, sé que vaig plorar molt i que em va fer molt mal. Ara, quan penso en aquells dies, tot és una mica confús. Hi ha coses que les sé perquè la mare me les ha explicades, no pas perquè realment me'n recordi: per exemple, que van venir els avis de Llemotges, els pares de la mare, i que volien que ens n'anéssim a viure amb ells; la mare, però, no va voler. Ella m'ha explicat que no es volia rendir; que el pare s'havia enamorat d'ella, entre altres coses, perquè tenia molta empenta, i que no el volia defraudar. Així doncs, ens vam quedar a la ciutat tots dos sols.

El barri on vivíem era una mica gris i trist, i el pis era petit i atapeït, entaforat entre un munt de pisos iguals i amb un balconet diminut on la mare feia mans i mànigues per fer-hi créixer quatre plantes.

A la mare li agraden molt, les plantes. A mi també. He decidit que quan sigui gran vull ser jardiner. Em sembla que ho vaig decidir el dia que la mare es va presentar a casa amb un test nou i em va dir:

—Té, aquest és per a tu. Pots plantar-hi el que vulguis.

Ho heu intentat mai, de plantar alguna cosa i de veure com creix? Jo ho trobo increïble. Ara bé, s'ha de tenir molta paciència. I, això sí, no pots plantar el primer que et passi pel cap.

A mi, per exemple, el que m'hauria fet il·lusió de debò hauria estat tenir un arbre fruiter: una prunera, o una perera, o un cirerer... Per això em vaig fer un fart d'enterrar pinyols dins el meu test. Però, és clar, no vaig tenir sort.

—Has de buscar alguna planta que pugui viure en un balcó —em deia la mare.

I al final vaig haver de fer-li cas. Tot i que al balcó del nostre pis de la ciutat no n'hi havia gaires, de plantes que hi poguessin viure.

Aquesta va ser una de les coses que em van convèncer de venir a viure a Orzac. Perquè la caseta de la tia Rose té un jardí a davant. És més aviat petit, però comparat amb el nostre balcó és immens, i fins i tot hi ha un arbre: una prunera!

Em vaig quedar molt parat, el dia que la mare es va presentar a casa i em va dir:

—Què et sembla si ens n'anem a viure a la caseta de la tia Rose?

Em va explicar que el cuiner de la fonda d'Orzac havia plegat i que li havien dit a ella si volia agafar la feina.

Perquè la meva mare és cuinera.

A la ciutat on vivíem treballava en un restaurant d'un barri d'aquests on hi ha moltes oficines. No li pagaven gaire, però l'avantatge, segons deia, era que els restaurants d'aquella zona tancaven als vespres i durant els caps de setmana, ja que la seva clientela era la gent de les oficines i les hores fortes de feina eren al matí i, sobretot, al migdia.

—Així puc estar més per tu —deia.

A part de cobrar poc, el que tampoc no li agradava era la mena de menjars que havia de preparar; sempre el mateix: ràpid, fàcil, barat i avorrit. La meva mare és molt bona cuinera: a ella li hauria agradat fer coses més complicades i exquisides, que els clients s'hi haguessin llepat els dits. Però en aquell restaurant no estaven per orgues: una sopa, alguna amanida, carn o peix amb un parell de salses —sempre iguals— i a córrer.

Per no perdre la pràctica, la mare cuinava a casa de tant en tant alguna de les seves receptes i, com que sempre n'hi havia massa per a ella i per a mi sols, el que sobrava ho repartia entre les veïnes, que aquell dia feien festa grossa. Però només ho podia fer molt de tant en tant, perquè comprar els ingredients costava força diners, i a casa, com ja us podeu pensar, els diners no sobren pas.

No és que el restaurant de la fonda d'Orzac sigui de primera categoria, però com a mínim hi pot fer coses més variades i s'ho passa més bé. Per això estic també content d'haver vingut.

El que em feia més por era canviar d'escola i trobar tot de gent nova. L'escola de la ciutat on vivia no m'agradava pas gaire i, d'amics de debò, tampoc no n'hi tenia; però allò ja m'ho coneixia, sabia bellugar-m'hi sense problemes, hi havia les botigues de sempre, la gent de sempre, tenia els meus racons on anar a jugar... Aquí, al principi no va ser fàcil; n'hi va haver alguns que es van ficar amb mi, però no gaire, no us penseu, perquè el René, que és el qui mana més de tots els de la classe, els va fer callar.

Em sembla que no li vaig caure malament, al René, i ell a mi em va caure molt bé. De vegades m'ha deixat anar a jugar amb els de la seva colla, però no ens hem acabat de fer amics de debò. I, ara que han començat les vacances, em trobo una mica sol i no sé gaire què fer.

Potser aniré a la biblioteca de la tia Rose i buscaré algun llibre per llegir. La tia Rose tenia una biblioteca molt gran. No sé pas quants llibres m'he empassat durant el curs: són llibres vells, amb les pàgines esgrogueïdes que cruixen quan les gires, i gairebé tots tenen molts dibuixos, que, encara que no siguin de colors, tenen tots els detalls, de manera que et pots imaginar ben bé com eren les coses i els personatges; i les aventures que expliquen són, a més, molt emocionants. De vegades hi ha algun tros que es fa més avorrit, però llavors me'l salto i ja està.

Potser en buscaré un de nou per llegir-me'l ara, o potser faré cas de la mare i sortiré a veure si trobo la colla del René… No ho sé… He d'acabar de pensar-m'ho.

2

Al final no he anat a buscar la colla del René. He estat llegint una estona i després m'he entretingut xafardejant per la Casa de les Acàcies abans d'anar a dinar.

La Casa de les Acàcies és als afores del poble, molt a prop de la nostra. Jo li dic així perquè té una avinguda que va des de la reixa de l'entrada fins a la porta de la casa i és tota vorejada d'acàcies altes i amb el tronc molt gruixut: deuen ser molt velles. A la primavera, quan van florir, se sentia l'olor des del carrer. Per anar al poble, hi he de passar pel davant i sempre m'entretinc a mirar-la. És una casa antiga, amb moltes finestres, teulades i xemeneies que surten d'aquí i d'allà. Quan era petit em pensava que era un palau, però la mare em va dir que no, que no arribava a tant. El que més m'impressiona és el jardí. Aquest sí que és gran! Donaria qualsevol cosa per entrar-hi i passejar-m'hi.

La casa se la va fer construir el segle passat un home del poble, que es va fer ric fabricant ganivets. Ara és tancada. L'amo, que és el nét o el besnét del dels ganivets, no hi viu. Deu ser força vell. Abans, quan era jove, hi venia sovint, sobretot a passar els estius, però ja fa anys que no hi ha tornat més.

Tot això ho sé per la Lise, una noia que treballa de cambrera a la fonda. Ella i la mare s'han fet molt amigues. La Lise diu que encara se'n recorda, de la casa, quan ella era petita. Feia goig, diu, amb la façana de color rosa salmó i les rajoletes que emmarquen les portes i les finestres lluents com una patena. La Lise parla així: de vegades diu paraules que a mi em costen d'entendre. No sé si el rosa és un color que m'agradi gaire per a una casa, o per a qualsevol cosa: el trobo massa cursi. Ara, però, les parets són tan brutes i descolorides que no es veu ben bé de quin color són.

Es veu que el jardí era fantàstic. La Lise diu que una vegada hi va entrar: hi va acompanyar el seu pare, que és llauner i hi havia anat a arreglar la font. Perquè hi ha una font, amb un estany amb peixos de colors i estàtues de marbre. Suposo que els peixos s'han mort, amb tants anys de no cuidar-los ningú...

La Lise diu que mai no havia vist tantes flors ni tantes plantes diferents; i que les flors feien dibuixos a terra i que hi havia un tros del jardí que era com un laberint fet amb tanques de bardisses retallades, i també hi havia camins coberts amb pedres de colors diferents, dutes dels volcans, que anaven passant entre els arbres, la gespa i els parterres... El millor de tot, però, era un laberint que hi havia a la part de darrere de la casa, fet de boixos retallats, tan alts que tapaven completament qualsevol que s'hi fiqués.

—Em va semblar el jardí d'un conte de fades —diu—. És clar que jo era molt petita i tenia molta imaginació. Potser si el veiés ara, no em semblaria tan extraordinari.

Jo estic segur que sí, encara que només n'he pogut veure alguns trossos, des de fora. Està rodejat d'una tanca de pedra bastant més alta que jo i a damunt encara hi ha una reixa de ferro, amb barrots acabats en punxa, com llances, però he descobert un punt per on s'hi podria entrar, un lloc on s'han rovellat els barrots i n'hi ha un parell que han perdut les punxes; queda molt dissimulat, perquè, per fora, també hi han crescut plantes i arbres per on costa poc d'enfilar-se; és difícil que ningú que no passi expressament per allà et vegi, i jo encara no hi he vist passar mai ningú.

Me l'he mirat moltes vegades des d'allà: està ple d'esbarzers i de males herbes i molts arbres estan coberts de plantes d'aquelles que s'emparren pel tronc i les branques; n'hi ha que fan flors de colors; jo les trobo maques, però la mare m'ha explicat que aquestes plantes fan mal als arbres, perquè els xuclen la saba i, al final, els maten. I és veritat que se'n veu algun de sec.

De vegades m'ha passat pel cap de saltar a dins i explorar-lo, però no m'hi he atrevit, tot sol. Si m'hagués fet més amic del René, li ho hauria proposat, tot i que temo que, ni que fóssim amics, el René no hi estaria gaire interessat; a ell les plantes no li diuen res: li agrada més jugar a rugbi o anar a pescar al riu.

A mi també m'agrada, jugar a rugbi, però em puc passar hores mirant el jardí de la Casa de les Acàcies. És una sensació molt especial, no sé com explicar-vos-la: és com... si els arbres i les plantes em cridessin; com si fossin vius. Bé: ja ho sé que en són, de vius, però vull dir vius d'una altra manera; com si poguessin parlar amb mi. Suposo que és molt difícil que m'entengueu. Per això no en parlo mai amb ningú, d'aquestes coses.

Avui m'hi he quedat tan encantat, que he arribat tard a dinar i la mare m'ha fet una mica de mala cara, però no m'ha renyat.

—Has anat a jugar amb els teus amics? —només m'ha preguntat.

I jo li he fet que no, però no li he explicat res, perquè no tenia ganes de tornar a sentir el mateix de sempre.

He dinat a la cuina de la fonda, amb la Lise, mentre la mare es barallava amb les olles i les cassoles.

Aquí s'hi passa més hores que al restaurant de la ciutat, encara que no comença tan aviat, perquè els esmorzars no els prepara ella. En canvi, s'ha d'encarregar dels sopars, i treballar dissabtes i diumenges. Només té lliures els dilluns. Però no es queixa. A canvi d'això, té vacances més llargues, a l'hivern: llavors la fonda està tancada perquè gairebé no hi ve cap visitant, a Orzac.

—I, a més, aquí és diferent —diu ella—: em puc combinar més bé les hores de feina, tu pots venir a dinar i a sopar a la fonda; encara que treballi més hores, em sembla que et puc cuidar més bé.

Jo no he tingut mai la sensació que la mare no em cuidés bé. Em fa patir una mica veure-la tan atrafegada, però em sembla que aquí es diverteix més que a l'altre restaurant, ja us ho he dit. Tot i que no arriba a ser el que ella realment voldria.

En parla sovint amb la Lise. La Lise tampoc no està contenta amb la seva feina. No sols perquè s'ha de fer un tip de fer llits i de netejar «per quatre rals», diu, sinó perquè no li agrada la fonda o, més ben dit, no li agraden els amos.

—Són uns mesquins, uns miserables... —es queixa.

—No és que ens paguin gran cosa, no... —fa la mare.

—No ho dic únicament per això. T'has fixat com la tenen, aquesta casa? Està caient a trossos. Fa segles que no hi han donat una mà de pintura; la moqueta és tacada i plena de forats. La mestressa diu que això és culpa dels clients, que són uns potiners i que haurien d'anar més amb compte de no llençar les burilles a terra. Però aquí hi ha el rastre de burilles de fa cinquanta anys!

—No exageris, dona!

—No exagero gens! I la vaixella? La meitat dels plats i les tasses són escantonats. A mi em fa vergonya posar-los a taula. I els gots i les copes tots desaparellats! I les cortines? Un dia se'm va acudir insinuar a la mestressa que aniria bé dur-les a la tintoreria: es va posar feta una fúria! I aquests quadres que hi ha penjats a les parets? Si fan por!

—Dona, que tampoc no és un hotel de primera, això!

—Ja ho pots ben dir: ni de primera ni de darrera. Però el pitjor és la manera com tracten la gent. Arriba algú demanant una habitació i se'l miren com si pretengués arrencar-los un queixal. De vegades em pregunto com és que no giren cua i toquen el dos. I saps per què no ho fan? Perquè tots els hotels del voltant són plens fins dalt! Això és l'únic que els salva. Això i la teca, des que tu ets a la cuina.

—I que Orzac és un lloc molt bonic i acollidor i hi ha molta gent que li ve de gust estar-s'hi.

—Sí, però si hi hagués un altre hotel a Orzac, aquí no hi ficaria els peus ningú. Si jo pogués!

Aquest és un dels temes favorits de la Lise. Si ella tingués diners, muntaria el millor hotel de la regió. Perquè a ella li agrada aquesta feina. Bé, anar tot el dia com un escarràs (una altra de les seves paraules), fregant i traient la pols, no. A ella el que li agrada és l'anar i venir de viatgers, de gent de tota mena.

—N'hi ha que són ben pesats —li diu la mare.

—Sí, sí, però és igual —fa ella—. No són pas tants. A mi el que m'agradaria és tenir un hotel no gaire gran, però molt acollidor, on la gent estigués tan bé que s'hi volgués quedar. M'agradaria que tingués un ambient tan especial que la gent hi fos feliç, encara que només fos per unes hores, que els quedessin ganes de tornar-hi.

—Com en una pel·lícula. Ets una somiatruites, Lise.

—I, a tu, que no t'agradaria tenir un restaurant i poder-hi preparar les teves millors receptes, i aconseguir que els clients en sortissin ben feliços i satisfets?

—Sí, és clar, però és que jo també sóc una somiatruites.

3

Els dos amics meus de l'any passat aquest estiu no vénen. Si més no, fins ara no han aparegut per aquí. La Lise diu que no és estrany, que segur que van acabar fins al capdamunt de la fonda, i no hi fa res que la mare li recordi que no s'havien allotjat a la fonda sinó en una casa llogada.

—Però gairebé cada dia venien a sopar aquí, i l'amo i la mestressa, amb la seva simpatia habitual, els van encomanar el VAO.

—El què?

—El Virus-Anti-Orzac...

Ara em sap greu no haver-los escrit, tal com havíem quedat de fer. Ens vam intercanviar les adreces i ens vam prometre que ens enviaríem cartes. Però és molt difícil, això d'asseure's davant un paper i començar a explicar coses. Ho vaig intentar un parell de vegades i no se m'acudia res. Quan la mare escrivia a la tia Rose, sempre m'hi feia posar alguna cosa, però jo no sabia mai què escriure i la mare acabava dictant-me un parell de frases. Als meus dos amics els deu passar el mateix que a mi, perquè ells tampoc no m'han escrit.

M'avorreixo. No n'hi ha prou amb els llibres de la biblioteca de la tia Rose per passar el temps. Tinc ganes de jugar, però no pas tot sol. He provat de fer el que em recomana la mare: he buscat la colla del René i m'he passejat per allà, a veure si em deien si volia jugar amb ells. Demanar-los-ho jo no ho he fet, no m'hi he atrevit. Gairebé sempre he tingut sort; però, quan hem plegat, encara no m'han dit mai si hi volia tornar l'endemà ni m'han explicat què farien o on anirien. Entrar a formar part de la colla no és tan fàcil. Podria intentar-ho amb altres nens, però no em cauen tan bé. Jo del que tinc ganes és de ser amic del René; ara, no m'agrada anar-los sempre al darrere.

Avui, per exemple, tot i que sabia que jugaven un partit de rugbi, m'he estimat més quedar-me sol. Van estar parlant-ne ahir, davant meu, però no m'hi van convidar. I això que jo jugo força bé al rugbi. El que passa és que ells estan acostumats a fer el seu equip i jo sobro. La mare m'ha dit que això era una bestiesa i que hi anés, que em podien posar de suplent.

—Jo el que vull és jugar! —li he fet.

—No es pot tenir tot de cop! —m'ha contestat ella—. Ets tu, el nou, i ets tu qui, de moment, ha de fer més esforços.

—Ja n'estic cansat, de fer esforços.

Per sort, no ha insistit, encara que he notat que no estava gaire contenta. I jo tampoc no m'hi he quedat gaire, al contrari: m'he posat de mal humor. De vegades em tinc ràbia a mi mateix. Potser és per això, per la ràbia que m'ha agafat, que per fi m'he atrevit a entrar al jardí.

Sort que no m'ho he pensat gaire, que, si no, suposo que ho hauria deixat córrer. Sempre em passa igual quan per fi em llanço a fer alguna cosa que em costa molt: l'única manera és apagar el cervell. Sabeu què vull dir? He de deixar de pensar, perquè, si penso massa, trobo tots els inconvenients i tots els problemes i és com si se'm posés una paret a davant i ja no pogués travessar-la.

Doncs aquest matí, quan ha marxat la mare, he apagat els pensaments i he sortit disparat cap a la Casa de les Acàcies. He anat fins al lloc on hi ha els barrots trencats, m'hi he enfilat, els he travessat i he saltat a l'altra banda. El cor m'anava tan fort que el sentia com em picava a les orelles, i he hagut de respirar tres o quatre vegades molt fondo, perquè m'havia quedat allà com una estàtua i no podia fer ni un pas.

Em sentia com si fos un lladre i escoltava tots els sorolls sospitosos, no fos cas que algú em descobrís. Era una rucada, perquè ja us he dit que fa anys que no hi viu ningú, a la casa, i els únics sorolls del jardí són els de les plantes i els arbres quan els belluga el vent, i els dels animals que hi viuen, sobretot els ocells.

Quan per fi el cor ha deixat de repicar-me com un tambor, m'he separat de la tàpia i m'he endinsat sota els arbres. Llavors la por m'ha marxat del tot.

Ha estat fantàstic. Era com si aquell jardí fos meu. Feia anys que ningú no hi posava els peus, i ara jo era allà al mig, tot sol, ficant-me per tots els racons. M'imaginava que era un explorador al fons de la selva; de fet, no costava gaire imaginar-s'ho, perquè està ple d'esbarzers i de plantes que creixen salvatges pertot arreu i que tallen la major part de camins.

Tot i aquest caos, hi ha punts on es veuen les pedres volcàniques que explica la Lise, i l'estany també hi és. La font encara raja, però de peixos no en queden, només granotes. I les estàtues estan cobertes de molsa.

També he vist el laberint. M'he quedat una mica decebut, però, perquè els boixos han crescut molt i de qualsevol manera, i és impossible entrar-hi. M'han vingut ganes d'agafar unes tisores i esporgar-lo. No sé si a casa n'hi ha cap de prou grosses. No crec que ni les de la cuina m'anessin bé, perquè les branques són molt gruixudes; a part que temo que a la mare no li faria gaire gràcia que les utilitzés per a això.

La casa només l'he mirada una mica per fora. De prop encara es veu més descolorida i deixada.

M'ha costat una mica sortir, perquè per la banda de dins del lloc on he saltat no hi havia cap arbre per on enfilar-me. Hi ha hagut un moment que m'ha agafat una mica de cangueli, fins que he descobert un arbre que m'anava bé, una mica més avall. He pujat a la tàpia per allà i m'he anat desplaçant de costat, agafant-me als barrots, fins que he arribat a la meva entrada secreta.

M'hi havia passat tanta estona que he tornat a fer tard a dinar i la mare m'ha dedicat una de les seves mirades de desaprovació, sobretot quan li he confessat que no havia anat a jugar amb els altres.

—Doncs què has fet tot el matí?

—Passejar... —li he dit jo, perquè no li sé dir mentides, a la mare.

—Passejar per on?

—Per allà... —li he contestat, fent un gest amb la mà que no aclaria pas res.

Perquè no m'agrada dir-li mentides, però tampoc no li podia pas dir tota la veritat: no crec que s'ho hagués agafat gaire bé, i no tinc ganes que em prohibeixi de tornar al *meu* jardí.

4

Ahir a la tarda, després de dinar, vaig anar a buscar la colla del René. No tenia ganes de fer enfadar més la mare, i també estava una mica fart d'estar sol.

Els vaig trobar a baix al riu. N'hi havia que pescaven i alguns es banyaven. Jo, de pescar, no en sé gaire; de nedar sí que en sé, encara que l'aigua del riu d'Orzac és molt més freda que la de la piscina on anava. Però, com que no duia banyador, em vaig quedar allà llançant pedres al riu, a veure si les feia botar.

Llavors va venir el René i em va preguntar com era que no hi havia anat, al matí, al partit de rugbi. Em vaig quedar tan parat que no sabia què dir-li, però tampoc no em va sortir d'explicar-li que era perquè no m'ho havien demanat. Només em vaig arronsar d'espatlles i em vaig inventar una excusa.

—És que tenia feina a casa —vaig fer, i immediatament em vaig sentir bastant estúpid.

Ell només va fer un gest amb el cap, com si ho entengués, i va llançar una pedra a l'aigua, que va botar moltes vegades: hi ha gent que tot ho fa bé!

—Després, vindràs? Estem organitzant un campionat amb els de Saint-Blaise i els de Ponton i necessitem gent, però haurem d'entrenar-nos molt si volem guanyar. T'interessa participar-hi?

Jo no m'ho acabava de creure. Va anar d'un pèl que digués que no. Quina bestiesa, oi? No us ha passat mai, a vosaltres, això? No us ha agafat por de ficar-vos en una colla, encara que us en moríssiu de ganes? Al final vaig dir que sí, però: que m'agradaria i que estava disposat a entrenar-me tant com calgués.

—En principi hauràs de fer de suplent, és clar.

Això no m'agradava tant, però ja m'ho esperava, de manera que només vaig arronsar les espatlles i vaig fer veure que no m'importava gaire.

—Ens trobarem a les set al camp —va informar-me ell, posant-se dret—. No et banyes? —em va demanar.

—És que m'he deixat el banyador a casa.

—Per què no el vas a buscar?

—És que em fa mandra.

Això només era mitja veritat. Sí que em feia mandra, però també m'havia fet por anar-hi i que, quan tornés, ja no els trobés. Ara aquest perill havia desaparegut, però com que ja ho havia dit em vaig estimar més fer veure que l'únic problema era aquell i vaig continuar llançant pedres al riu, com si res, procurant dissimular també que m'havia posat molt content.

A l'entrenament va venir-hi la Geraldine, la germana del René. És un any més petita que ell, però gairebé són iguals d'alts, i a alguns de l'equip els passa una mica i tot. També li agrada jugar a rugbi i sempre es discuteix amb el seu germà i els altres perquè diuen que el rugbi és un joc de nois i no la volen. Ella diu que en sap molt més que molts de l'equip i, de fet, és veritat, perquè alguna vegada que l'han deixada jugar ha marcat força punts. Però formar part de l'equip no pot ser. Tot i així, quan ve als entrenaments i a veure els partits, la deixen seure a la banqueta.

Ahir vam estar xerrant una bona estona. Em cau força bé, gairebé tant com el seu germà; a més, a ella sí que li agraden les plantes. No sé com va anar que vam parlar de la Casa de les Acàcies i em va explicar que s'havia mirat el jardí moltes vegades des de la reixa i que l'encantaria entrar-hi. Em vaig haver de mossegar la llengua per no confessar-li que jo ja ho havia fet, i això que m'hauria agradat: estic segur que l'hauria deixada ben impressionada.

5

Quin ensurt que he tingut! Tan bé que anava tot, i justament avui que estava a punt d'explicar a la Geraldine el meu secret i de convidar-la a venir a veure el meu jardí, tot se n'ha anat a l'aigua. Quina merda!

Sort que no li havia dit res encara: s'hauria pensat que sóc un presumit i que m'ho havia inventat tot per fer-me veure. I si hi ha una cosa al món que no suporta, la Geraldine, són els creguts; per això em cau tan bé, perquè jo tampoc no els suporto, els creguts. Bé, no és solament per això que m'agrada... Vull dir que la trobo simpàtica.

Aquests dies ens hem vist sovint en els entrenaments de rugbi. No se'n perd ni un. Trobo que és una llàstima que no la deixin jugar: realment en sap molt; però per una altra banda me n'alegro una mica, perquè, com que jo sóc suplent i tampoc no jugo gaire, hem pogut fer petar molt la xerrada. Tenim moltes aficions semblants: llegir, per exemple. Li he dit que ha de venir a veure la biblioteca de la tia Rose i que li deixaré tants llibres com vulgui. Almenys això sí que ho podré fer. En canvi, el jardí de la Casa de les Acàcies...

Volia explicar-li-ho avui, a l'hora de l'entrenament, si és que em prometia guardar el secret: sé que em puc refiar d'ella. Llavors només hauria calgut trobar una hora que hi poguéssim anar sense aixecar sospites dels altres.

Perquè als altres sí que no els en volia dir res, ni al René. Ja sé que pot semblar estrany: justament ara que comencem a ser una mica amics... Però és que, quan els parlo de les flors que vam plantar al jardinet de casa amb la mare i de la il·lusió que em fa veure-les sortir, em miren com si fos una cosa rara i gairebé se'ls escapa el riure! Per a ells, les flors són cosa de dones. La prunera encara, perquè dóna fruita i en treus profit, però les plantes per fer bonic... Per culpa d'això, algun dia que m'he barallat amb ells, per burxar-me m'han dit que sóc una nena i un pàmfil. El René no, ell és diferent: no insulta mai ningú; però això no vol dir que li agradin les plantes o, més ben dit, que consideri que valgui la pena dedicar-hi una mica d'atenció. O sigui que no cal escarrassar-s'hi.

Però la Geraldine és diferent. Aquest matí, mentre m'enfilava per la tàpia per fer la meva visita de cada dia, m'imaginava que la tenia al costat i que li assenyalava on s'havia d'agafar i on havia de posar els peus per pujar, i com havia de saltar per l'altra banda, perquè la paret és una mica alta. Tot i que a ella no crec pas que li hagués fet gens de por, saltar! És molt atrevida, més que jo i tot.

Després m'imaginava que li ensenyava tots els meus descobriments: els llocs per on es pot passar, encara que els camins estiguin tallats; les plantes estranyes que creixen entremig dels esbarzers; l'estany i la font; el laberint... I li confessava la meva intenció d'esporgar-lo quan hagués estalviat prou cèntims per comprar-me unes tisores que anessin bé... I també li deixava veure els meus arbres preferits; els que he anat triant durant les meves passejades; els millors són aquells on em puc enfilar i des d'on puc dominar un bon tros de jardí. Allà dalt em sento com si fos el rei d'aquelles terres, i la casa fos el meu palau.

Justament estava enfilat en un dels arbres que hi ha molt a prop de l'entrada principal de la casa quan he sentit el motor del cotxe i l'he vist que s'atansava lentament per l'avinguda de les acàcies: un cotxe enorme, negre i lluent, amb vidres fumats d'aquells que no deixen veure qui va a dins.

El cor m'ha fet un salt, però m'ha fet por que, si baixava de l'arbre, em veurien i m'he quedat com una estàtua, amagat entre les fulles. No ho havia passat tan malament en ma vida.

Des d'allà ho he vist i ho sentit tot. Quan el cotxe ha arribat a la casa, el xofer ha obert les portes i n'ha sortit un home gran; era alt i prim, tenia els cabells blancs i es movia amb molta energia. Darrere seu han sortit dos homes més i una dona. Un dels homes ha començat a traginar cap a dins de la casa l'equipatge que el xofer anava descarregant: un reguitzell de bosses i maletes que no s'acabava mai.

De sobte, el senyor Gouzes —perquè el dels cabells blancs havia de ser per força el senyor Gouzes, l'amo de la casa—, s'ha girat cap al xofer i li ha dit:

—No, això no: tot això ja ho pots tornar a carregar al cotxe. Els meus nebots no es queden.

—Però, oncle Horace! —ha cridat la dona—. No ens ho pots fer, això! Nosaltres només et volem ajudar, fer-te una mica de companyia!

—Ajudar-me a caure, voleu vosaltres! No la necessito per a res, la vostra companyia. Al contrari: com més lluny sigueu, millor. Per què no torneu a Lió, eh?

—Però, oncle! —ara era l'home el qui parlava—. No et pots quedar en aquesta casa tot sol: la teva salut, el teu cor...

—Estic perfectament bé de salut! I el meu cor es quedarà d'allò més tranquil quan us hagi perdut de vista! O sigui que ja podeu tocar el dos.

—Ni pensar-ho! —un altre cop la dona—. Tenim tant dret com tu a estar-nos aquí: la casa també era de la mamà!

—En sap greu haver de recordar-te que la casa no ho va ser mai, de la vostra mare. Que no en teniu prou, amb tot el que vau heretar d'ella, colla de voltors?

—Potser no, que no era de la mamà —ha fet el nebot del senyor Gouzes, que semblava una mica menys geniüt que la seva germana—, però no ens pots negar que algun dret sí que l'hi tenim; forma part de la nostra infantesa, aquesta casa!

—Ara resultarà que ets un sentimental! Que no el trobàveu tan avorrit, Orzac, abans? Massa paciència que vaig tenir de deixar-vos passar els estius a casa meva. S'ha acabat, n'estic fart, de vosaltres. Aneu-vos-en on vulgueu, però no us vull tornar a veure aquí! Benoît —ha dit dirigint-se al xofer—: porti els meus nebots on vulguin, si cal fins a Lió. De fet, això seria el millor.

I sense escoltar més les protestes dels altres dos, els ha girat l'esquena, ha entrat a la casa i els ha tancat la porta als nassos.

Els nebots s'han quedat un moment parats i després han començat a cridar indignats que allò no quedaria d'aquella manera. Finalment, s'han entaforat dins el cotxe i el Benoît se'ls ha endut.

Jo m'he quedat una estona dalt de l'arbre sense saber què fer: tenia les mans suades i em tremolaven les cames. Vigilava el camí per on havia desaparegut el cotxe, i la casa, on no es veia cap moviment. De sobte, he sentit una finestra que s'obria i, com si se m'hagués disparat una molla, he baixat tan de pressa com he pogut i m'he escapat corrents.

Estava tan atabalat que no podia ni pensar i, sense saber com, m'he trobat davant la fonda i he tingut un nou ensurt, perquè els nebots del senyor Gouzes també hi eren, rodejats d'equipatge i discutint amb la mestressa.

He hagut de fer un gran esforç per recordar que ells no m'havien vist a mi i que no hi havia cap perill. Una mica més tranquil, hi he entrat i he sentit que la mestressa els exigia que li paguessin les habitacions per endavant.

—Un mes és molt temps. Qui em diu a mi que d'aquí a una setmana no tocaran el dos i jo em quedaré amb les habitacions sense llogar?

—Però vostè sap qui som? —deia la neboda del senyor Gouzes, tota enreveixinada.

—Oi tant, que ho sé! Per això tenen sort i estic disposada a llogar-los l'habitació per un mes. Ara, me l'han de pagar per endavant, no hi puc fer més.

Els he deixat barallant-se i m'he ficat a la cuina: de sobte m'havia agafat una gana salvatge. Mentre em prenia un vas de llet, ha entrat la Lise, morta de riure. Per una vegada s'alegrava que la mestressa de la fonda fos tan malcarada.

—Són els nebots del senyor Gouzes —ha explicat, confirmant el que jo ja sabia—. Quan jo era petita, venien a estiuejar a Orzac, i no sabeu pas els fums que gastaven! La seva mare també era molt tibada. Era la germana del senyor Gouzes; les poques vegades que es dignava baixar al poble, era per criticar-ho tot.

—I el senyor Gouzes?

—A ell el vèiem molt poc. Tenia fama de gastar molt mal geni. El dia que vaig acompanyar el pare a arreglar la font, era al jardí, però no me'n recordo gaire. L'únic que sé és que em va impressionar molt, perquè era molt alt i tenia els cabells tots blancs. Era bastant més gran que la seva germana, em sembla, però la seva germana es va morir abans que ell i, des que es va morir, ja no van tornar més per Orzac. I ara, guaita'ls! Qui havia de dir que aquests dos pretensiosos acabarien dormint a la fonda d'Orzac!

La Lise ha tornat a riure.

—Si haguessis vist l'espectacle que han muntat! —ha dit a la mare, que estava enfeinada com sempre—. Jo era al menjador parant les taules i, pel finestral, he vist arribar aquell cotxàs. I el xofer, amb gorra i tot, que baixa i obre la porta i en surten aquell parell amb una cara de pomes agres que et feia caure l'ànima als peus. Enfadats com unes mones, estaven! El xofer, ni se l'han mirat. Han entrat a la fonda i han deixat que l'home descarregués tot sol l'equipatge. En porten un gavadal! Sembla que canviïn de casa, o que se'n vagin a fer la volta al món. No sé on ho ficaran! Les habitacions d'aquí són petites com un cop de puny! El xofer els ho ha deixat tot als peus i se n'ha anat. I jo diria que els altres dos encara s'han enfadat més. I ara, a sobre, la mestressa els ha dit que s'havien de pujar les maletes ells mateixos i que no hi havia ascensor! «Però quina mena d'hotel és aquest!», ha cridat ell, indignadíssim. I la mestressa els ha contestat, cridant també: «Això és una fonda, senyors! I, pel que paguen, estan més que ben servits!».

A la Lise li ha agafat un nou atac de riure, tan fort que s'ha ennuegat. Després ha començat a fer suposicions sobre què deu passar, però la mare hi ha intervingut i ha dit que l'única cosa clara és que el senyor Gouzes i els seus nebots s'han discutit, i encara, que ni d'això no en podem estar segurs del tot.

—Dona, és bastant evident, no?

Evident no, és segur, he pensat jo, però no els podia explicar pas que ho havia vist tot. M'he hagut d'aguantar. I després, en l'entrenament, també. Jo que tenia ganes d'impressionar la Geraldine! Ara només li podré ensenyar els llibres de la tia Rose. Però el pitjor no és això. El pitjor és que jo tampoc no hi podré entrar més, al *meu* jardí.

6

Tot el poble va ple de l'arribada de l'amo de la Casa de les Acàcies i dels seus nebots i, sobretot, de les seves desavinences. Perquè no és normal, diuen, que els nebots s'estiguin a la fonda. Cada novetat s'examina del dret i del revés i es comenta fins als detalls més insignificants.

La febre ha arribat fins i tot al René i a la seva colla. Jo, com a persona amb connexions directes amb la residència dels nebots, he guanyat uns quants punts, tot i que encara no són suficients per esdevenir membre de ple dret del grup, i això que ens veiem pràcticament cada dia per als entrenaments! De vegades, però, em trobo una mica atrapat, perquè la mare és molt estricta: no li agrada gens tot aquest anar i venir de xafarderies i diu que nosaltres no n'hem de fer res. A la Lise també li ho diu.

—En la nostra feina, també hauria d'existir el secret professional. Arribem a conèixer moltes intimitats de la gent: tu encara més que jo. No podem pas anar-les escampant als quatre vents!

—No sé com s'ho farien les revistes del cor, llavors —riu la Lise. Però de seguida es posa seriosa i afegeix—: Si tens raó, dona. I jo no en parlo pas amb ningú, fora d'aquí. T'ho explico a tu, perquè ets amiga meva i sé que ets la discreció en persona. Quan tingui el meu hotel, la discreció serà la primera norma de la casa.

»Però és que els primers que no són discrets són aquest parell de tifes de nebots del senyor Gouzes. S'han dedicat a fer saber a tothom que el seu oncle està malaltíssim, com qui diu a les portes de la mort, i que ells l'únic que volen és cuidar-lo, però que l'home és un geniüt i un malagraït i per això els ha fet fora de casa. I no hi ha dret, perquè aquella casa també era una mica de la seva mare, és a dir, que també és una mica seva. Això diuen.

»Ara que, segons el meu pare, no és pas tan clar. A ell li sona que el pare i la mare del senyor Gouzes —ella era tan rica com el seu home o més— van repartir l'herència entre els fills: tot el d'ell per al noi i tot el d'ella per a la noia. Però, a la germana del senyor Gouzes, la casa d'Orzac sempre li havia fet goig i havia fet mans i mànigues per quedar-se-la. I ara els nebots també la volen. Ells ho volen tot, vaja.

—Si que en sap, de coses, el teu pare!

—No veus que Orzac és un poble, dona! Tot s'acaba sabent, aquí.

—I el que no se sap s'inventa... No m'agrada, ja t'ho he dit. Nosaltres no n'hem de fer res: secret professional.

—Si ja ho saps, que tot queda entre tu i jo, Toinette...

Jo penso que la Lise diu la veritat i que segons quines coses no les comenta fora de la cuina. El meu problema és saber quines són aquestes coses i quines les que sí que es poden dir a fora. Això que explica el pare de la Lise, per exemple, si ja ho sap tot el poble, no deu ser pas cap secret, de manera que jo també ho puc explicar al René. Potser ell no n'ha sentit parlar mai: la Casa de les Acàcies no l'interessava gaire, fins ara.

El que no li puc explicar de cap de les maneres és el que vaig veure el dia que van arribar el senyor Gouzes i els seus nebots, ni el que he vist després.

Perquè, tot i la por que em va agafar llavors, no he pogut resistir la temptació i he tornat a anar al jardí...

Els primers dies me'l mirava només des de la reixa de l'entrada, com abans. Després, una tarda, tornant de dinar, no vaig poder més i em vaig enfilar a la meva entrada secreta. No vaig saltar, sols em vaig quedar mirant-lo des d'allà.

Hi havia alguna cosa que havia canviat, però vaig trigar molt a saber exactament què era. De sobte em vaig fixar que en un racó hi havia una planta nova, força grossa, massa grossa per haver-hi crescut de cop i volta. El primer que vaig pensar va ser que l'acabaven de plantar; em va passar com quan un dels nostres veïns de la ciutat es va tallar la barba i es va deixar el bigoti: jo vaig creure que li havia sortit d'un dia per l'altre. Però no era això, és clar. I, amb la planta, tampoc no era això.

Al final ho vaig entendre: el que havia passat era que havien netejat aquell tros de jardí; n'havien tret les herbotes i altres plantes que hi creixien i hi havien deixat aquella. Era molt maca. «El senyor Gouzes està fent arreglar el jardí», vaig pensar. I encara em van agafar més ganes de ficar-m'hi. Però no ho vaig fer fins l'endemà.

Al matí havia vist entrar una furgoneta a la casa, que duia tot de plantes pintades i un nom: *Thomas Belaire, plantes i jardins*. A la tarda em vaig amagar vora el camí, per la banda en què la tàpia toca als prats on pasturen les vaques del Puipeyre, i vaig esperar que passés la furgoneta. Llavors vaig anar a la meva entrada secreta i vaig saltar. Havia apagat els pensaments, com la primera vegada; si no, no m'hi hauria atrevit pas. L'únic que vaig dir-me per animar-me era que coneixia perfectament el jardí i que, si hi havia algun perill, sabria on amagar-me: no m'havien descobert pas, el dia que va arribar el senyor Gouzes!

Ho vaig trobar tot molt canviat. Havien desaparegut els esbarzers d'alguns llocs, les plantes enfiladisses del voltant d'alguns arbres, les herbotes d'aquí i d'allà..., i havien anat apareixent forats, trossos que quedaven com despullats, on sorgien plantes que jo no havia vist mai, o que, si les havia vistes, gairebé ni me n'havia adonat i ara em semblaven diferents. Però eren uns canvis molt estranys, semblava que no tenien ni cap ni peus, com si el jardiner anés donant tombs i es dediqués ara a una cosa, ara a una altra, sense enllestir-ne mai cap.

M'hi vaig estar una bona estona, procurant no atansar-me a la casa. El jardí és tan immens que vaig pensar que n'hi hauria prou amb aquesta precaució per poder continuar visitant-lo sense perill. I així ho he anat fent, fins avui, que una mica més i m'enxampen!

Com que la furgoneta sortia cada tarda a la mateixa hora, ja no m'he preocupat de vigilar abans de ficar-m'hi. Quan feia més o menys mitja hora que, segons els meus càlculs, el jardiner se n'havia anat, m'he dirigit a la meva entrada secreta i... cap a dins falta gent!

Però, de sobte, quan més distret estava mirant les novetats, he sentit unes veus. He tingut el temps just d'enfilar-me en un dels arbres que tenia més a prop, un de no gaire alt, per desgràcia. Llavors he vist dos homes que s'atansaven: un era el senyor Gouzes i l'altre per força havia de ser el jardiner. Parlaven del jardí. El jardiner ensenyava al senyor Gouzes un dels últims racons que havia netejat.

—És una *patatibum fantasticum* —deia.

Bé, no ha dit això exactament, ha dit un nom estrambòtic i molt difícil, però semblava molt feliç d'haver trobat aquella planta.

—Em sembla que ara ja tinc prou clar tot el que hi ha i el que, per a mi, valdria la pena que es conservés. Demà vull netejar un parell de racons més i, si vol, després li faré uns quants esbossos amb les meves idees i en podem discutir. Aquest jardí és ple de sorpreses: és una meravella.

—Sí, oi? A mi aquesta banda sempre va ser la que m'agradava més. La del costat de la font, no: la trobava avorrida. Amb la meva germana sempre ens discutíem: a ella l'encantaven tots aquells parterres de gespa i floretes de colors fent dibuixets. Quina cosa més carrinclona! Com ella, vaja!

—Home, els jardins clàssics també tenen la seva gràcia!

—No, no, no. Jo no vull un jardí clàssic. Ja li he dit el que vull: tinc ganes d'una mica de desordre, de tenir la sensació que les plantes creixen aquí i allà com per casualitat, m'entén?

—Un jardí no és mai obra de la casualitat. La casualitat provoca precisament això —ha fet el jardiner, obrint els braços com si volgués abastar tot el caos que els envoltava.

—Ja ho sé, ja ho sé. Però vostè ja m'entén, oi? —insistia el senyor Gouzes.

—Sí, sí que l'entenc; i m'agrada la seva idea. Però aquest jardí és tan gran, que hi ha lloc per a tot, fins i tot per fer-hi un trosset més formal.

—No, no, no —tornava el senyor Gouzes—. Estic pensant d'arrencar aquell laberint de boixos i tot.

En sentir això, una mica més i crido.

—Home, seria una llàstima! —ha dit el jardiner, i jo he respirat més tranquil—. És una obra d'art, aquell laberint! Em durà molta feina podar-lo, però ja veurà com valdrà la pena.

—Si vostè ho diu... I quants ajudants m'ha dit que necessitaria?

—Bé, ara al principi… No ho sé, un parell de persones com a mínim. Hi ha moltíssima feina. Però ha de ser gent que hi entengui, que sàpiga què es fa: què pot arrencar, què pot tallar i com ho ha de fer. És una feina molt llarga, ja el vaig avisar.

—I jo ja li vaig dir que no em feia res. Tinc la intenció de quedar-me a viure aquí. N'estic fart, de Lió, de París, de totes les ciutats; estic fart de tot. Estic cansat. Tinc edat de jubilar-me, de retirar-me, de fer una vida més reposada i dedicar-me a les coses que realment m'interessen, com aquest jardí, per exemple: Orzac és el lloc ideal.

Jo m'he recordat del que diuen els nebots: que el seu oncle està tan malalt i totes aquestes coses. Però no em sembla pas que n'estigui, de malalt.

M'he distret pensant en els nebots i en totes les rucades que expliquen, i ha estat llavors que el senyor Gouzes i el jardiner s'han atansat a l'arbre on m'amagava i se l'han mirat, i jo he vist com el jardiner passava els ulls per les branques i les fulles, i per les meves cames, i fins i tot per la meva cara: els nostres ulls s'han trobat unes dècimes de segon, o potser només unes mil·lèsimes de segon, o unes milionèsimes de segon. S'han trobat, vaja: posaria les mans al foc. I m'he quedat sense respiració. Però segurament m'ho he imaginat, que els nostres ulls es trobaven, perquè el jardiner no ha dit res. Només ha comentat no sé què del carpí que s'havia fet tan esponerós.

Aquestes dues paraules, *carpí* i *esponerós*, que semblen d'aquelles que diu la Lise, m'han quedat gravades; totes les altres se m'han esfumat del cervell, perquè era com si m'hagués tornat sord.

Quan s'han allunyat, he tocat el dos cames ajudeume, no fos cas que es repensessin i giressin cua o que tot fos una trampa per atrapar-me i, de sobte, m'apareguessin per darrere. Me n'he anat a la fonda i he sopat sense dir ni piu.

Ara sí que no hi tornaré a posar més els peus, de debò: s'ha acabat!

7

Això de guardar secrets és molt difícil, sobretot quan els altres es donen importància perquè saben una cosa que tu ja saps des de fa molt més temps i molt més bé que ells.

Avui, en l'entrenament per al partit de rugbi de dissabte, l'Alphonse, un dels de la colla del René, ha parlat del jardiner de la Casa de les Acàcies com si fos la novetat del segle.

—El senyor Gouzes vol arreglar el jardí i canviar-lo tot. S'hi gastarà milions. Ho sé de bona tinta, perquè el meu oncle hi anirà a treballar. El jardiner necessita cinc o sis ajudants, de tanta feina que hi ha. I el jardí és com una selva, i és ple de troncs podrits i de plantes verinoses. I hi ha moltes serps: algunes de verinoses també.

—I plantes carnívores, si et sembla! —ha dit la Geraldine.

—Doncs també.

L'Alphonse és un exagerat i, per presumir, és capaç de dir qualsevol bestiesa. A mi m'ha costat molt aguantarme i no explicar res. I m'ha sabut greu, sobretot per la Geraldine, que, encara que es mirava l'Alphonse amb molt escepticisme, de tant en tant li anava fent preguntes, perquè la Casa de les Acàcies sempre li ha cridat l'atenció.

Després, sopant a la fonda, també he passat una mala estona. Hi havia la Lise, que ja havia plegat però s'havia quedat a fer petar la xerrada amb la mare, com fa sovint. Parlava una altra vegada dels nebots del senyor Gouzes i de les històries que fan córrer.

—Diuen que està malalt del cor i que van ser ells els qui el van convèncer de retirar-se a Orzac a descansar quan va tenir l'última crisi, que es pensaven que s'hi quedava. I que li han dit mil cops que ja és massa gran, que ja ha treballat prou i que és hora que es jubili; que ho té ben merescut, diuen que li han dit. I que no s'ha de preocupar de res, perquè ells es poden fer càrrec dels seus negocis, igual que ja porten els de la seva mare, que en pau descansi. I que també el cuidaran a ell.

»Però el senyor Gouzes, en lloc d'agrair-los tantes molèsties, ha engegat els nebots a pastar fang, i sí que s'ha retirat a descansar, però ho ha deixat tot en mans d'una donota que fa uns quants anys que treballa per a ell i que li té el seny robat. Això ho explicaven a la Barberine, la dona de l'alcalde, que s'ha fet molt amiga d'ells dos. I la Barberine els ha demanat si aquesta donota era la seva secretària, però no n'ha tret l'aigua clara.

Encara que no és normal que ningú deixi tots els seus negocis en mans de la secretària, no?

—No, és clar que no —ha dit la mare.

—A no ser que realment sigui veritat que aquella dona l'està fent tornar boig.

Jo no ho crec pas, que s'estigui tornant boix, el senyor Gouzes. El dia que el vaig veure parlar amb el jardiner, em va semblar completament normal. M'han agafat ganes de dir-ho a la Lise, però m'he hagut de mossegar la llengua una altra vegada. Quina llauna!

—Em sembla que li ho preguntaré a ell —ha dit llavors la Lise.

—A qui? —he demanat jo.

—Estàs com un llum! —ha dit la mare, abans que la Lise em contestés.

—Per què? —ha dit ella, sense fer-me ni cas a mi—. Seria una bona excusa per parlar-li, no?

—I què li diràs? Perdoni que el molesti, però m'agradaria saber si és veritat que el seu amo està tocat de l'ala per culpa d'una secretària?

La Lise ha esclafit a riure, però jo continuava sense entendre res.

—És que no l'has vist, Toinette? Feia temps que no topava amb un home tan interessant. Té una mirada per caure de cul a terra! Hauries de treure el nas un moment i comprovaries que tinc raó.

—Altra feina tinc, jo, que sortir a espiar els clients —ha dit la mare—. A aquestes hores el que vull és acabar aviat i anar-me'n a dormir!

Al final he sabut de qui parlaven: del jardiner del senyor Gouzes, justament, que s'està a sopar i a dormir a la fonda. Jo l'he vist alguna vegada al menjador, però sempre he passat de pressa, perquè no les tinc totes després de la història del carpí.

—És estrany que no es quedi a viure a la casa, oi? —ha dit la Lise.

La mare s'ha arronsat d'espatlles.

—Els nebots diuen que és una altra de les excentricitats del seu oncle; que només vol tenir a casa el xofer i el majordom i ocupar la primera planta i prou. És clar, diu que diuen els nebots: aquella casa és massa gran. I tot aquell terreny perdut que té! Si els deixessin fer a ells, diuen! Es veu que tenien el projecte d'utilitzar la banda del jardí per construir-hi xalets per als estiuejants.

Quan he sentit això, m'he quedat glaçat. Em sembla que gairebé m'han agafat ganes de plorar. Sort que el senyor Gouzes no en vol ni sentir parlar!

—Els nebots diuen que és un tossut, que seria un negoci rodó, però que tot és culpa d'aquella donota, la que li porta els negocis, com sempre. Em sembla que han intentat fer-se amics del jardiner, aprofitant que s'està aquí a la fonda. Però ell se'ls ha tret de sobre. Amb bones maneres, eh?, que es veu molt educat.

La Lise ha tornat a engegar amb les seves històries del jardiner: que si estava buscant ajudants, però que encara no n'havia trobat cap que el convencés; que si estava buscant casa...

—Amb deu dies de fonda, ja ha quedat ben servit, com és normal!

Que devia tenir uns trenta anys i que era solter...

—Caram, si que en saps, de coses! —li ha dit la mare, com si tot plegat no l'interessés gaire.

Però aquesta vegada la Lise li deu haver picat la curiositat perquè, quan hem sortit, hem passat un moment pel menjador: no sé què volia dir al Théodore, el cambrer que s'encarrega del bar i de servir a les taules. I mentre parlava amb el Théodore, ha mirat de reüll cap a la taula que hi ha al fons, tocant el finestral.

El jardiner del senyor Gouzes era allà, sopant; duia uns texans i una samarreta amb unes lletres molt grosses que deien: «SALVEM LES BALENES!». Estava distret mirant per la finestra i la mare ho ha aprofitat per observar-lo una mica més. Llavors ell ha girat el cap i ens ha vist. Jo he tingut un sobresalt i m'ha semblat que la mare també. Ella, no sé per què s'havia d'espantar, però jo he agafat por que em reconegués, sobretot perquè, quan m'he trobat amb els seus ulls, he notat que arrugava el front i que feia una cara estranya; encara que després ha mirat la mare i continuava amb el front arrugat i, que jo sàpiga, la mare no s'ha enfilat mai a cap arbre de la Casa de les Acàcies.

A mi m'ha agafat el cangueli i he dit a la mare que l'esperava a fora.

—No, si ja estic —ha fet ella—. Anem.

No hem parlat en tot el camí. Quan hem arribat a casa, la mare s'ha parat un moment davant el mirall que hi ha a l'entrada, s'ha passat la mà pels cabells i ha fet:

—Quins cabells que porto! Em convindria anar a la perruqueria, no trobes?

Jo no he sabut què contestar-li. No em semblava pas que anés despentinada; i no m'agrada mai quan surt de la perruqueria amb els cabells encarcarats i plens de laca. Però jo no hi entenc res i això és cosa seva...

8

No sé què em passa: estic fet un embolic. Per una banda estic enrabiat amb mi mateix, però per l'altra estic molt content; perquè havia decidit que no hi tornaria més, al jardí, i resulta que hi he tornat! I no és solament això, és que no hi vaig anar sol: hi vaig anar amb la Geraldine.

Tot va ser perquè feia dos dies que plovia i no podíem entrenar. Ahir a la tarda va parar i vam entrenar una estona, però vam acabar xops i enfangats fins dalt i al final es va posar a ploure un altre cop i vam haver de plegar.

Quan me n'anava cap a casa, se'm va atansar la Geraldine i em va preguntar quan li ensenyaria la biblioteca de la tia Rose.

—Ara, si vols —vaig fer jo.

I em va acompanyar. Vam estar mirant llibres una bona estona. Ella estava entusiasmada i me'n va demanar uns quants que no havia llegit. Jo l'escoltava i la mirava, i em feia una mica estrany que fóssim allà, tots dos junts; era com si tingués una nosa a l'estómac, però una nosa agradable…

Potser va ser per culpa de la nosa, que vaig començar a parlar de la Casa de les Acàcies.

—Diuen que el jardí està quedant molt maco —va comentar ella—. Igual que abans, quan el senyor Gouzes hi venia a passar temporades.

Jo vaig obrir la boca, però la vaig tancar de seguida: no n'havia de dir res a ningú, del meu secret. Ella continuava:

—L'Alphonse ens ho va explicar ahir: tu no hi eres.

L'Alphonse, l'Alphonse! I què sabia, ell? La nosa a l'estómac em va fer una punxada, però la meva boca va continuar com una tomba.

—El seu oncle fa d'ajudant del jardiner. Diu que hi tenen feina per mesos! I, saps què?, diu que a la part de darrere de la casa hi ha un laberint de plantes, però que estava molt malament i que el senyor Gouzes el volia tallar; el jardiner, però, va dir que no i l'han esporgat i l'han deixat com nou.

Vaig agafar un llibre i el vaig començar a mirar, però no entenia res del que hi posava. Només sentia la nosa aquella a l'estómac, i també al cap, i em semblava que estava a punt d'explotar.

—Jo no l'he vist mai, el senyor Gouzes. Segons l'oncle de l'Alphonse, no és pas tan mala persona com diuen els seus nebots.

—Ja ho sé.

La Geraldine em va mirar.

—Jo sí, que l'he vist —vaig explicar.

—És clar, com que cada dia passes per davant de la casa...

—No, l'he vist *a dins*.

—A dins? Què vol dir a dins?

—Al jardí!

Ja estava, ja ho havia fet, ja havia explotat. I ja me n'estava penedint; però era massa tard.

La Geraldine m'escoltava amb els ulls cada vegada més oberts. Li ho vaig explicar tot: com havia descobert l'entrada secreta, com m'havia decidit a explorar-lo, i l'arribada del senyor Gouzes i els seus nebots.

—Just el dia que volia dir-t'ho! Però tot se'n va anar a l'aigua: em va saber molt greu.

—I no hi has entrat mai més?

Li vaig haver de confessar que sí, però que havien estat a punt de descobrir-me i ho havia deixat córrer.

La Geraldine em mirava somrient; li brillaven molt els ulls i es notava que tenia alguna idea rondant-li pel cap.

—Per què no m'hi portes? —em va demanar.

Jo em vaig quedar aturat, sense saber què contestar-li.

—Ja ha parat de ploure —va fer ella, assenyalant cap a la finestra.

—Però ja t'he dit que ara no s'hi pot entrar...

—No cal pas que hi entrem. M'agradaria que m'ensenyessis el lloc de la tàpia per on t'hi ficaves, només. Ningú no ens pot dir res perquè mirem des d'allà, no?

No, és clar: ningú no ens podia dir res. A més, en aquella hora el Thomas segur que ja havia plegat... I jo em moria de ganes d'ensenyar-l'hi...

Així doncs, hi vam anar, i ens vam enfilar a la tàpia, i després ens vam asseure amb les cames penjant per la banda de dins, i no sé de qui va ser la idea, però al cap de poc ja havíem saltat i estàvem passejant pel jardí.

Ser allà dins amb la Geraldine era increïble. L'anava acompanyant pels meus racons preferits i li explicava com eren abans. Perquè el jardí ha canviat molt des que hi treballa el Thomas: cada dia és més impressionant. Li vaig ensenyar el carpí on m'havia amagat quan van estar a punt d'enxampar-me, i també l'arbre on estava enfilat el dia que va arribar el senyor Gouzes.

Perquè, sense adonar-nos-en, ens havíem atansat molt a la casa. I tampoc no sé com havia estat que anàvem agafats de la mà. De cop i volta, vam veure encendre's un llum en una de les finestres de la planta baixa i ens vam estrènyer més fort.

—Val més que marxem —vaig dir jo.

La Geraldine va fer que sí amb el cap, però no es va moure.

—M'agradaria veure el laberint, abans.

Jo sabia que el que havíem de fer era sortir, però a ella li brillaven tant els ulls... I, a més, jo també en tenia ganes, de veure el laberint, ara que deien que l'havien arreglat.

Ens hi vam atansar amb molt de compte. No hi havia ningú. La casa quedava amagada darrere uns arbres. Em vaig quedar bocabadat: realment semblava una altra cosa, amb tots els boixos tan ben retallats i els camins nets i coberts de grava volcànica.

Hi vam entrar sense fer soroll i ens vam posar a buscar el camí de sortida. Havíem de fer esforços per parlar fluix i perquè no se'ns escapés el riure. Era molt complicat i va haver-hi algun moment que ens pensàvem que ens havíem quedat atrapats. Però, per fi, sense saber gairebé com, ens vam trobar a fora.

—Quina passada! —va exclamar la Geraldine, una mica més fort del compte.

—Xut! —vaig avisar-la jo.

Ella va somriure. Gairebé s'havia fet fosc, però els seus ulls eren com dues espurnes. Jo tornava a tenir aquella nosa a l'estómac i el cor m'anava molt de pressa. Em moria de ganes de fer-li un petó... Però no em vaig atrevir. Ella em va allargar la mà una altra vegada i em va dir:

—Anem?

I jo només vaig fer que sí amb el cap, perquè la veu se m'havia amagat no sé on i no volia sortir.

Vaig arribar tard a sopar i em va tocar aguantar una mica de morros de la mare, encara que no me'n vaig adonar gaire, perquè tenia massa coses al cap.

M'he despertat un munt de vegades, a la nit, i tota l'estona pensava en la Geraldine. Estic fet un embolic. Potser m'he enamorat d'ella, no ho sé… No m'acabo d'entendre…

9

La mare sempre diu que no es pot tenir tot, i a mi em fa molta ràbia, quan ho diu, però deu tenir raó… Ara mateix, si la Geraldine no estigués enfadada amb mi, seria la persona més feliç del món.

Perquè dissabte, en el partit de rugbi, la Geraldine es va enfadar amb mi. De fet, no m'ho va dir pas, que ho estigués, però prou que ho vaig notar. Des de llavors que pràcticament no m'ha tornat a dirigir la paraula.

A mi em sap molt greu: gairebé li he agafat ràbia, a aquell partit de rugbi, si no fos que gràcies al partit m'he convertit en ajudant del Thomas!

Bé, també ha estat gràcies a la mare, suposo, que últimament no sé pas què li ha agafat. Cada vegada que entra i surt de casa, es planta davant el mirall i es troba algun defecte. L'altre dia deia que s'havia engreixat massa. Jo trobo que està molt maca… Tot i que dimarts va anar a la perruqueria i en va sortir pentinada d'aquella manera que a mi no m'agrada, però deu ser que no hi entenc gens, perquè la Lise va trobar que feia molt goig.

A part d'això, des del vespre aquell que va haver d'anar a donar un encàrrec al Théodore, cada nit passem pel menjador amb una excusa o altra i ella i el Thomas vinga mirar-se: el Thomas amb el front arrugat i la cara estranya, com el primer dia, però jo ja no me'n preocupo perquè a mi gairebé no em mira.

O sigui, que si la mare no hagués agafat aquest costum de passar pel menjador, m'imagino que les coses haurien anat d'una altra manera...

Encara que jo també hi tinc alguna cosa a veure. Perquè, si dissabte no haguéssim guanyat el partit de rugbi, el Thomas segurament s'hauria quedat assegut allà com sempre, amb el front arrugat i sense dir res, i no hauria vingut a felicitar-me; i, si no hagués vingut a felicitar-me, tampoc no hauria parlat amb la mare. De manera que potser també és per la Geraldine que m'he convertit en ajudant del Thomas, perquè, si vam guanyar el partit, va ser gràcies a ella.

Mira que havia començat malament, aquell dissabte! Plovent a bots i a barrals, amb un cel negre que semblava que no havia d'acabar mai l'aigua... Ja estàvem a punt de telefonar als de Pont-Blaise per dir-los que suspeníem el partit quan, cap allà a migdia, va parar de ploure. Durant una estona va continuar havent-hi uns núvols una mica amenaçadors, però al final es va girar un vent que se'ls va endur i el sol encara va ser a temps d'eixugar una mica el camp. A dos quarts de cinc va començar el partit. La Geraldine estava asseguda al meu costat a la banqueta i des del principi va dir que no anàvem pas bé i que, si no canviàvem de tàctica, estàvem perduts, però ningú no se l'escoltava; jo sí, perquè sé que la Geraldine hi entén molt i que sovint veu les jugades claríssimes. Però jo sóc el més nou de l'equip i només sóc suplent, i encara no goso parlar gaire.

Total, que vam arribar a la mitja part perdent per 16 a 28. Estàvem ben desmoralitzats. La Geraldine va intentar dir-hi la seva, però el René la va fer callar, malhumorat. Llavors ella es va enfadar.

—Ja us ho fareu! —va dir—. Jo només us volia ajudar.

I en la segona part gairebé no va badar boca; només, cada vegada que els de Pont-Blaise feien un punt, remugava:

—Són idiotes. Si m'haguessin fet cas!

Al final li'n van fer. És a dir, el René, que, a més de capità de l'equip, també feia d'entrenador, va aplicar la tàctica que la Geraldine havia estat recomanant des del principi, però com si fos cosa seva, no pas perquè la Geraldine ho hagués aconsellat; i la sort es va girar com una mitja. Vam acabar guanyant per 45 a 39.

Jo estava contentíssim, perquè els últims punts els havia marcat jo i el René m'havia dit que a partir de llavors seria jugador titular.

La Geraldine també n'estava, de contenta.

—Veus com jo us ho deia? —va fer.

Però el René només es va arronsar d'espatlles i no va contestar. No li va donar les gràcies ni res: costa molt de reconèixer que la teva germana petita té raó, sobretot quan es tracta de rugbi.

Els altres de l'equip tampoc no ho van voler reconèixer. I jo no vaig gosar defensar-la, em va fer vergonya: prou que em diuen que semblo una nena per la meva afició a les plantes; si, a sobre, em poso del costat de la Geraldine...

El mal és que em sembla que a ella no li va agradar gens, que no la defensés, perquè em va llançar una mirada molt seriosa i se'n va anar sense acomiadar-se ni res, i a mi se'm va fer un nus a l'estómac i em vaig enrabiar amb mi mateix. Però ja era massa tard, i ara la Geraldine no em parla i no sé com manegar-m'ho per fer les paus.

Després hi vaig estar pensant molt i vaig decidir que allò no em tornaria a passar mai més, i que el partit que ve, el que juguem amb els de Ponton, parlaré amb el René i li diré que, encara que la seva germana no pugui jugar perquè és una nena, sí que pot fer d'ajudanta de l'entrenador, perquè en sap moltíssim i va ser gràcies a ella que vam guanyar.

És a dir, que també va ser gràcies a ella que, al vespre, quan la mare va plegar i vam passar pel menjador, el Thomas, que havia vingut a veure el partit perquè li agrada molt el rugbi, es va aixecar de taula i em va venir a felicitar. Em va dir que ho havíem fet molt bé, sobretot en la segona part, quan havíem canviat de tàctica; i després va començar a parlar amb la mare, que de sobte m'havia agafat la mà molt fort, com si fos un nen petit, i estava vermella com un perdigot. Li va dir que, a partir del dilluns, deixava la fonda perquè havia llogat una caseta.

—Em sap greu —va dir la mare, amb una veu mig escanyada, com si estigués molt nerviosa. I després va estossegar una mica.

—Però a sopar vindré aquí —va dir el Thomas—. Feia temps que no menjava tan bé. Vostè és la cuinera, oi?

—Sí —a la mare la veu li va sortir escanyada un altre cop.

—Doncs la felicito. Un dia m'haurà de donar algunes de les seves receptes. A mi també m'agrada força cuinar, sap?

—Oh, quan vulgui. Però llavors li demanaré que m'expliqui com puc arreglar el meu jardí.

—Si fa molt goig, el seu jardí!

—Que l'ha vist mai?

—És el de la caseta que hi ha al final del carrer de casa del senyor Gouzes, no?

Es van estar xerrant així mitja hora, drets al menjador. Jo estava molt cansat i, al final, vaig dir a la mare si no ens n'anàvem. Llavors el Thomas va demanar si ens podia acompanyar; i, quan em vaig ficar al llit, continuaven xerrant tots dos pels descosits!

L'endemà la mare estava molt contenta i, al vespre, el Thomas ens va tornar a acompanyar fins a casa i ens va convidar a veure el jardí.

Jo em vaig quedar de pasta de moniato.

Hi hem anat avui, que és dilluns i la mare no treballa. Jo intentava dissimular i feia cara de sorpresa, com si fos la primera vegada que ho veia. De fet, ja ho era una mica, com si fos la primera vegada, perquè amb les explicacions del Thomas tot semblava diferent. Parlava dels arbres i les plantes que hi ha i dels projectes que té d'una manera que em feia venir unes ganes terribles de treballar amb ell.

Jo no parava de preguntar-li coses i la mare m'ha dit que no el maregés tant; però el Thomas li ha contestat que no el marejava pas, al contrari.

—T'agraden molt les plantes, oi?

—Sí —li he dit.

—Ja m'hi havia fixat —ha fet ell. I ha somrigut i m'ha picat l'ullet.

Jo m'he quedat de pedra. Allò volia dir que sí que m'havia vist el dia del carpí! Però m'he tranquil·litzat una mica, perquè no es veia pas enfadat.

Quan ja acabàvem la visita, ha aparegut el senyor Gouzes i el Thomas ens ha presentat. Ell ha fet una mena de reverència a la mare i li ha fet un petó a la mà, com un senyor antic.

—De manera que vostè és aquella cuinera tan bona? —ha dit.

—No ho sé, si sóc tan bona! —ha exclamat la mare, tornant-se vermella.

—El Thomas no para de lloar-la. Ja hem quedat que un dia vindré a la fonda per tastar alguna de les seves especialitats.

La mare s'ha posat una mica més nerviosa.

—No són cap cosa de l'altre món, no es pensi.

—Em sembla que és massa modesta. I aquest xicotet —ha dit mirant-me a mi—, és aquell a qui agraden tant els jardins?

Un altre cop! Jo no sabia on mirar, tot i que el senyor Gouzes tampoc no es veia pas enfadat. I no ho devia estar pas; si no, no m'hauria dit de cop i volta:

—No t'agradaria venir a donar un cop de mà al Thomas?

Jo no estava segur d'haver-lo sentit bé i m'he quedat mirant-lo amb els ulls ben oberts, com un estaquirot.

—El Thomas t'ensenyaria moltes coses, saps? És un pou de ciència, en això de les plantes! I fins i tot podries guanyar algun dineró.

—T'agradaria? —ha preguntat el Thomas.

I jo he fet que sí amb el cap.

—Ja ho crec! —he aconseguit dir al final, amb una veu encara més escanyada que la de la mare quan va parlar amb el Thomas el dia del partit de rugbi.

Començaré demà mateix; hi aniré cada matí. Encara no m'ho puc creure. Estic tan nerviós, que no puc dormir! Em moro de ganes d'explicar-ho a la Geraldine. M'agradaria convidar-la a venir: espero que el Thomas no hi tingui inconvenient, ni el senyor Gouzes tampoc. Tot i que no sé si voldrà, perquè com que des del dia del partit que no m'ha tornat a dirigir la paraula...

10

Estic content: des del dimarts de la setmana passada que cada matí vaig a treballar amb el Thomas. El temps em passa volant! En quatre dies he après més coses de plantes que en tota la meva vida; i també d'insectes i d'aranyes i de cucs i de talps i de moltes altres bèsties, perquè en un jardí no hi ha solament plantes: també hi ha molts animals; i la terra no és tota igual; i les plantes de vegades es posen malaltes i no saps per què, i has d'aprendre a entendre-les, tal com m'ha explicat el Thomas. Ell les entén molt; i m'ha dit que jo també les entendria, que es nota que jo agrado a les plantes tant com elles m'agraden a mi.

També ho va dir a la mare un vespre quan tornàvem a casa. Perquè, des de la primera vegada que ho va fer, que ha continuat acompanyant-nos cada dia i s'ha quedat xerrant amb la mare fins a no sé quines hores. Em sembla que s'estan enamorant i, si he de dir la veritat, la idea m'agrada. No crec que pogués tenir un pare millor que el Thomas. Encara que potser corro massa. Si la mare sabés que penso aquestes coses, no sé pas què em diria!

Ser ajudant del Thomas és fantàstic. M'ha deixat escollir un racó i m'ha dit que seria per a mi, perquè hi plantés el que volgués, amb la seva ajuda, és clar.

No és gaire gran, però hi ha una perera; per això el vaig triar: estic impacient de veure-la florir, encara que hauré d'esperar gairebé un any, fins que torni la primavera. A sota la perera hi he plantat violes malves i uns geranis blaus i vermells, que són diferents dels que es posen als balcons.

També hi ha una maduixera de bosc: la vaig descobrir quan treia les males herbes. Fa força maduixes i són molt gustoses. N'he agafat unes quantes per portar-les a la Geraldine aquesta tarda. Sé que li agraden molt. Potser així podrem fer les paus...

Encara no li ha passat l'enrabiada del partit de rugbi. Quan ens trobem en els entrenaments, sempre està molt seriosa i, si intento fer petar la xerrada com abans, només em contesta «sí» o «no» o coses molt curtes i després fa veure que està molt concentrada en el joc i que no té ganes que la distreguin. Uf!

Dilluns passat em va tornar els llibres que li havia deixat i, quan li vaig demanar si li havien agradat, es va arronsar d'espatlles.

—Estan bé —va dir només.

—Quan en vulguis més, ja ho saps... —vaig oferir-li, amb l'esperança que volgués acompanyar-me a casa després de l'entrenament.

Però, en lloc d'això, em va dir:

—Gràcies, però no tinc gaire temps de llegir últimament.

—Si estem de vacances! —volia dir-li jo, però ja vaig veure que era inútil.

El dia que li vaig donar la notícia que seria ajudant del Thomas, només va aixecar una mica el cap i va fer:

—Quina sort, no?

Però no em va preguntar res: ni com havia estat, ni quina feina faria... res de res. Tampoc no em va demanar si li deixaria visitar el jardí, que és el que realment m'hauria agradat que em digués... En canvi, els altres sí que m'ho van demanar: ves per on! Jo em vaig fer l'important i els vaig prometre que faria el que podria, encara que era una mica difícil perquè al senyor Gouzes no li agradava que li anessin a fer visites... I això sí que és veritat: almenys els seus nebots, no els vol veure ni en pintura.

Ahir va arribar a Orzac el marit de la neboda. La Lise en parlava amb la mare a l'hora de sopar.

—L'has vist? —li deia—. Aquest sí que és una bona peça; fa por i tot. Dóna deu mil voltes a la seva dona i al cunyat. Fins i tot la mestressa s'ha arrugat davant d'ell quan ha baixat a protestar perquè la porta de l'armari grinyolava, i hi ha fet pujar cuita-corrents l'amo a posar-hi oli... Només falta la dona del nebot, ja. Si s'hi assembla i també apareix per aquí, pararem bojos!

Aquest matí han vingut tots tres a veure el senyor Gouzes. Sembla que han intentat convèncer-lo una vegada més que tragués aquella donota que s'encarrega dels seus negocis i que els deixés portar-ho tot a ells, i també que els donés permís per construir els xalets al jardí... Ell no els ha volgut escoltar i ha tornat a fer-los fora.

Jo estava treballant amb el Thomas al costat de l'estany i hem sentit els crits des d'allà, i després un cotxe que se n'anava. El senyor Gouzes ha aparegut fet una fúria. No l'havia vist mai enrabiat d'aquella manera.

—Per poc que pugui, no veuran ni un duro! —cridava—. Fins ara encara pensava deixar-los-ho tot en herència quan em morís: no em queien bé, però al capdavall són l'única família que tinc. Però ni parlar-ne! Què s'han cregut! Encara serien capaços d'enviar-me a l'altre barri abans d'hora per tal de cobrar tan aviat com fos possible. I, en aquesta casa, no hi tornaran a ficar els peus. Ja poden anar fent les maletes i tocar el dos.

—Però, si es volen quedar a Orzac, no els ho pot pas impedir —ha dit el Thomas.

—No hi aguantaran gaire més, a Orzac. Estan massa ben acostumats i aquesta fonda de mala mort on s'han instal·lat és massa per sota de les seves exigències.

—Doncs s'hi està prou bé —ha dit el Thomas—. És veritat que els amos són molt antipàtics, però tot és endreçat i net com una patena, i la cuina és excel·lent: feia temps que no menjava tan bé.

—És veritat que sempre me'n parla. Un dia hi hauríem de sopar junts, no?

—Quan vulgui.

—Doncs mira: avui mateix, si et sembla bé. Així escamparé una mica la boira.

—L'únic és que els seus nebots també hi seran...

—Tant se me'n dóna, dels meus nebots. Per a mi, és com si no existissin!

11

Quan les coses s'espatllen, s'espatllen del tot. I de quina manera! Potser no hi podré posar mai més els peus, al jardí. Ni tan sols el Thomas no hi podrà tornar mai més, si el senyor Gouzes es mor i s'hi queden a viure els seus nebots, a la Casa de les Acàcies. I això que els qui tenen la culpa de tot són ells...

Ahir les coses ja van començar malament amb la Geraldine, que no va voler ni tastar les maduixes que li vaig dur a l'entrenament. Mira que és tossuda! Total, que se les van menjar el René i els altres, i jo em vaig quedar amb un mal humor que no hi havia qui me'l tragués de sobre.

Després, al vespre, el senyor Gouzes va venir a sopar a la fonda amb el Thomas, tal com havien quedat, i la mare va sortir a saludar-los un moment, tot i la mala cara de la mestressa, que no va gosar dir res perquè el senyor Gouzes és el senyor Gouzes. Es van asseure a la taula de sempre i tot anava com una seda, fins que de sobte tot es va complicar.

Segons ens ha explicat el Thomas, quan estaven a mig sopar, van aparèixer els nebots i el marit de la neboda, el qual, quan va veure el senyor Gouzes, se'n va anar directament a la seva taula i va dir que volia parlar amb ell. El senyor Gouzes li va contestar que ja havien parlat de tot el que calia i que el deixés en pau, però l'altre es va posar a cridar tan fort que fins i tot la mare va acabar sortint de la cuina per veure què passava, i jo a darrere seu.

El marit de la neboda estava dret al costat de la taula, insultant el senyor Gouzes, però aquest feia com si sentís ploure, fins que el marit de la neboda el va agafar per la solapa de l'americana: llavors el senyor Gouzes es va posar dret i també el va insultar i els nebots van començar a cridar i la mestressa va anar a demanar-los que paressin, que allò era un escàndol; però el marit de la neboda se la va treure del davant d'una empenta.

I llavors el senyor Gouzes va tenir l'atac i va caure damunt la taula. I tot van ser corredisses.

El van venir a buscar amb un helicòpter i el van dur a Lió. El nebot se'n va anar amb ell, i la neboda i el seu marit el primer que van fer va ser deixar la fonda i instal·lar-se a la Casa de les Acàcies. I quan aquest matí el Thomas i els seus ajudants hi han anat a treballar, els han dit que no calia que hi tornessin. El Thomas els ha preguntat per què i els ha recordat que tenien un contracte amb el senyor Gouzes, però els altres li han dit que ells no en sabien res, d'aquell contracte, i que no necessitaven per a res els seus serveis, que ja es buscarien un altre jardiner.

—Però quan el senyor Gouzes torni... —ha dit el Thomas.

—El senyor Gouzes no tornarà —li ha contestat el marit de la neboda.

El Thomas està molt preocupat: ha intentat parlar amb el Benoît i amb l'Hector, el xofer i el majordom del senyor Gouzes, però tampoc no li han deixat fer-ho.

—A ells dos no gosen fer-los fora, de moment —ens ha dit quan ens ha acompanyat a casa després de sopar—. O més aviat és com si els tinguessin segrestats: volen mantenir-los lluny del senyor Gouzes.

—Però per què? —ha preguntat la mare—. Què pretenen?

—No ho sé, però em temo el pitjor.

—Doncs hauríem de fer alguna cosa, no?

—Sí, però què? Si almenys pogués parlar amb ells dos, però ni ells poden sortir, ni jo puc entrar...

Quan he sentit això, m'he mossegat els llavis i el cor m'ha començat a anar molt de pressa. No sabia què fer. No estava gens segur que fos el moment per parlar de segons quines coses...

—Has provat de telefonar-los? —ha preguntat la mare.

—Sí, és clar, encara que ja sabia que seria inútil. El telèfon només l'agafa la neboda i, evidentment, ni el Benoît ni l'Hector no s'hi poden posar mai. Un cop que l'ha agafat l'Hector, he sentit clarament com algú tallava la comunicació abans que ens poguéssim dir ni hola.

—Doncs potser hauríem d'anar a Lió...

—On, de Lió? No sé a quin hospital l'han portat...

—I la Thérèse Pechmerle? —ha dit la mare.

La Thérèse Pechmerle és la «donota» aquella que s'encarrega dels negocis del senyor Gouzes. El Thomas ens ha aclarit que de «donota» res de res. Va començar a treballar fa molts anys en una de les empreses del senyor Gouzes i va acabar sent-ne la directora i, com que en sabia molt i, a més, era una persona honesta en qui es podia confiar, el senyor Gouzes li va anar passant la gestió de les altres empreses.

—Per què no intentes parlar amb ella? —ha insistit la mare.

Però el Thomas ha fet que no amb el cap.

—No tinc ni idea de com localitzar-la. No sé ni la seva adreça ni el seu telèfon...

—Tot està perdut, doncs... —ha fet la mare, deixant-se caure al sofà com si es rendís.

Ha estat com si m'haguessin punxat amb una agulla. No podíem deixar-ho estar! No podíem permetre que el senyor Gouzes es morís i que aquells gàngsters omplissin el jardí de xalets!

—Jo sé un lloc per on es pot entrar al jardí —he dit, i quasi he tingut un ensurt quan he sentit la meva veu.

—Un lloc per on s'hi pot entrar? —ha preguntat el Thomas, arrugant el front com feia allà al restaurant quan ens mirava.

La mare també ha arrugat el front i jo he vist de seguida que tenia ganes de preguntar-me un munt de coses, però en lloc d'això només ha fet:

—I on és?

He acompanyat el Thomas a la meva entrada secreta. Volia ficar-me al jardí amb ell, però m'ha ordenat que me n'anés a casa i que l'esperés allà amb la mare.

Ha trigat molt a tornar. Ja teníem por que li hagués passat alguna cosa, però ens ha explicat que no ha estat gens senzill aconseguir parlar amb el Benoît i l'Hector. Ha hagut d'esperar fins que s'han apagat tots els llums i llavors s'ha atansat amb molt de compte a la casa. Sort que el xofer i el majordom s'estan a la planta baixa i la neboda del senyor Gouzes s'ha instal·lat al primer pis, a l'habitació més gran de totes.

El Thomas ha picat als vidres del xofer fins que ha aconseguit despertar-lo, i s'han reunit tots tres al garatge. El Benoît i l'Hector li han explicat que, pel que han sentit, el senyor Gouzes està molt greu i tenen por que els nebots no en facin alguna. Aquesta tarda el marit de la neboda ha marxat cap a Lió. El Benoît ha sentit que la neboda parlava amb la Thérèse Pechmerle per telèfon i li explicava un munt de mentides.

Ells també han intentat parlar-hi, per dir-li la veritat. El Benoît ha mirat de distreure la neboda amb no sé quina història del cotxe i l'Hector ha aprofitat per trucar a Lió, però només feien que dir-li que la senyora Pechmerle estava reunida i que no podia posar-s'hi. No saben ni a quin hospital l'han dut, el senyor Gouzes.

—Han pensat d'escapar-se i d'anar-hi personalment —ens ha dit el Thomas—; però, només que intentin sortir de casa, els altres ho sabran i faran qualsevol cosa per impedir-los que es trobin amb la Thérèse…

—Llavors? —ha fet la mare.

—Llavors hem quedat que hi aniria jo. La Thérèse Pechmerle no em coneix gaire, però espero que vulgui rebre'm. Sortiré demà, a primera hora del matí.

—Val més que agafis el meu cotxe —li ha aconsellat la mare—. La teva furgoneta és massa coneguda: si s'adonen que ha desaparegut de davant de casa teva, potser sospitaran alguna cosa i seràs tu qui rebrà.

Així doncs, el Thomas s'ha quedat a dormir a casa.

12

El Thomas no ha marxat amb el cotxe de la mare, se n'ha anat a Lió amb el del senyor Gouzes: hi hem anat tots! Ha estat molt divertit i emocionant!

Aquest matí, quan la mare i el Thomas s'han llevat, jo estava tan nerviós que m'he despertat i he baixat a esmorzar amb ells. La mare em volia fer tornar al llit, però m'he quedat. Per sort! Si no, m'haurien deixat a Orzac. Quan el Thomas ja estava a punt de marxar, han arribat el xofer i el majordom del senyor Gouzes. No calia que el Thomas agafés el cotxe de la mare, han dit: ja l'acompanyarien ells a Lió.

—I la neboda? —ha preguntat el Thomas.

—Està tancada amb clau al bany —han dit ells.

I han explicat que l'Hector, que té el son molt lleuger, l'ha sentida que s'aixecava i se n'anava al bany i ha tingut la idea de tancar-la.

—M'ha vingut com un llamp —ha dit—. A la cuina hi ha totes les claus de la casa. He agafat la del bany del primer pis, he pujat sense fer soroll i li he donat dues voltes. La senyoreta s'ha posat a cridar com una esperitada, però és molt difícil que ningú la senti, des d'aquella banda.

—I no pot obrir des de dins? —ha preguntat la mare.

—No: la germana del senyor Gouzes, la mare de la senyoreta, tenia fòbia a les claus, no en volia veure ni una, per això les va fer baixar totes a la cuina; i, com que al senyor li és igual, allà es van quedar. Al bany hi ha una balda per tancar-se per dins, però no estava previst que també es pogués tancar per fora...

—Hem cregut —ha afegit el Benoît— que, si nosaltres també veníem, la senyora Thérèse et faria més cas...

—Em sembla perfecte. Però, ens hem d'afanyar —ha fet el Thomas.

I, de sobte, la mare ha dit:

—Jo també voldria venir. També vaig veure el que va passar: si som dos a explicar-ho, encara millor, no?

—Doncs jo també vinc —he fet jo—. També ho vaig veure, el que va passar...

—Ni parlar-ne —ha dit la mare—: tu et quedaràs aquí.

Allò era una injustícia. Però, com que sabia que discutint amb ella tenia les de perdre, he utilitzat una altra tàctica: he sortit corrents de casa i m'he ficat dins el cotxe del senyor Gouzes; i com que tothom tenia pressa i no era qüestió de muntar cap escàndol al carrer i despertar tot el poble, ho han deixat córrer i se m'han endut amb ells.

Això m'ha costat una hora de sermons de la mare i la promesa del pitjor càstig de la meva vida; però m'era igual: no em volia perdre per res del món el que passés a Lió. Al final m'he adormit i, quan m'he despertat, la mare encara feia una cara molt empipada, però ja no m'ha sermonejat més.

A Lió no ha estat gens fàcil parlar amb la Thérèse. Hem anat a les oficines on treballa, però no ens deixaven passar de cap manera: la senyora Pechmerle, ens deien, estava ocupadíssima; si volíem parlar amb ella, havíem de demanar hora. El Benoît i l'Hector s'esgargamellaven explicant qui érem i que era una qüestió urgent, importantíssima, però no hi havia res a fer.

Al final, la mare ha perdut els estreps i els ha cridat que eren uns inútils i que per culpa seva el senyor Gouzes es podia morir. Encara no l'havia vista mai tan furiosa, la mare; però els seus crits han donat resultat i la Thérèse Perchmerle ens ha rebut.

Quan li hem explicat què passava, la cara se li ha anat posant més i més seriosa i preocupada.

—Ja temia jo que aquí hi havia alguna cosa que no anava —ha exclamat, tot donant un cop de mà a la taula—. Anem, ràpid! Espero que no arribem massa tard.

En un tres i no res érem a l'hospital; i a la Thérèse sí que se li obrien totes les portes. Però quan hem arribat al lloc on tenien el senyor Gouzes, l'UVI em sembla que es diu, una infermera li ha dit que se l'acabaven d'endur, perquè el volien traslladar a una clínica privada de no sé on.

—Però, qui ho ha decidit, això? —ha cridat la Thérèse.

—Els seus nebots, em sembla.

—Hem d'aturar-los immediatament! —ha exclamat la Thérèse—. Telefoni al director: digui que sóc la senyora Pechmerle.

—Val més que nosaltres hi anem ja! —ha dit la mare, que no és directora de cap empresa però que té tanta empenta com la Thérèse Pechmerle; i ha demanat el camí a un infermer que hi havia allà.

L'hem hagut de preguntar dues vegades més, el camí, perquè aquell hospital era complicadíssim. Fins que hem arribat a un aparcament on hi havia tres o quatre ambulàncies.

—Allà! —ha cridat el Benoît.

Uns infermers estaven ficant la llitera amb el senyor Gouzes dins una ambulància. El nebot del senyor Gouzes i el marit de la neboda també hi eren i els donaven pressa.

—Aturin-se! Aturin-se! No se'l poden endur! —cridàvem nosaltres.

—Què significa això? —ha exclamat el marit de la neboda.

—No se'l poden endur! —ha fet la mare—. Són uns criminals, uns assassins!

—Però, què diu aquesta dona!

Els infermers se'ls miraven i no sabien què fer i, mentrestant, el pobre senyor Gouzes, que portava tot de tubs i una mena d'ampolla cap per avall penjant d'una barra, gemegava amb els ulls tancats: feia molt mala cara.

Suposo que, si al cap d'uns segons no hagués arribat la Thérèse Pechmerle amb el director de l'hospital, no hi hauria hagut res a fer i ara vés a saber on pararia, el senyor Gouzes! Potser ja seria ben mort. Però, quan han vist el director, els infermers ja no han dubtat ni un moment i han tornat el senyor Gouzes a la seva habitació, sense fer cap cas dels crits i les protestes dels altres, que han intentat seguir-los; el director, però, no els ho ha permès.

—Temo que no el podran tornar a visitar més, el senyor Gouzes.

—Què significa això? —ha exclamat el marit de la neboda, que només feia que repetir el mateix—. Amb quin dret ens ho prohibeix?

—Prescripció mèdica —ha dit el director.

El nebot i el marit de la neboda del senyor Gouzes ens han llançat una mirada plena d'odi.

—Ens veurem les cares! —ha dit el marit de la neboda, amb una veu que a mi una mica més i també se'm para el cor—. Això no quedarà així!

—No, ja ho crec que no quedarà així! —li ha contestat la Thérèse Pechmerle, sense immutar-se gens ni mica.

Ara ja tornem a ser a Orzac. Ens hi ha acompanyat el Benoît: l'Hector s'ha quedat a Lió a fer companyia al senyor Gouzes.

El Benoît tenia una mica de por de la reacció de la neboda, però no l'ha trobada a casa. Es veu que ha cridat tant, que al final algú l'ha sentida i l'han anat a alliberar. És clar: els del poble no sabien res del que passava! El manyà ha hagut d'esbotzar el pany de la reixa i el de la porta de darrere de la casa, la que dóna a la cuina, i la del bany també, perquè el majordorm s'havia endut la clau a la butxaca. I la neboda ha sortit feta una fúria, en camisa de dormir i tota escabellada i, en lloc de donar-los les gràcies, els ha insultat, els ha dit que ja podien tocar el dos i s'ha tancat a l'habitació.

Els altres s'han quedat tan sorpresos que no s'han mogut i quan, al cap de deu minuts, la neboda ha reaparegut vestida i pentinada, se'ls ha trobat allà palplantats i els ha insultat una altra vegada; però després ha demanat si algú la podia acompanyar a Lió, que li ho pagaria molt bé; i el mateix Raymond, el manyà, se l'ha enduta.

—Doncs, a la casa, no hi entrarà més! —ha dit el xofer.

—Esperem-ho —ha contestat el Thomas—. Mentre el senyor Gouzes se'n surti...

Jo espero que sí, que se'n sortirà, tot i que feia molt mala cara...

La mestressa de la fonda s'ha enfadat molt amb la mare perquè no havia anat a treballar i s'havien passat el dia buscant-la i ella s'havia hagut de ficar a la cuina amb la Lise. Li ha dit que li descomptaria dos dies de sou i que, si no hi estava d'acord, ja se'n podia anar.

La mare li ha contestat que havia hagut de resoldre un problema molt greu i que, si volia descomptar-li un dia de sou, doncs bé, però que dos ni parlar-ne. I que, si volia, ja es podia buscar una altra cuinera. Llavors la mestressa s'ha quedat amb la paraula a la boca i ha remugat que, bé, per una vegada passava, però que no es tornés a repetir.

—No gosarà pas acomiadar-te —ha dit la Lise—. No veus que els teus plats són l'únic que salva aquesta fonda del desastre? Ah! Com m'agradaria tenir diners per fer el nostre hotel i deixar plantada aquesta mala bruixa!

13

Avui el Thomas ens ha dit que sembla que el senyor Gouzes ja està fora de perill, però que encara s'haurà d'estar uns quants dies més a l'hospital. Jo tinc moltes ganes que es posi bo del tot i torni. Fins que no el vegi aquí una altra vegada, no estaré tranquil: em fa molta por que els seus nebots no intentin fer-ne alguna altra per prendre-li la Casa de les Acàcies.

I això que, en part, estic content pel que va passar, perquè gràcies a això per fi vaig trobar la manera de fer les paus amb la Geraldine.

L'endemà del dia que vam marxar a Lió per salvar el senyor Gouzes, vaig haver d'explicar trenta mil vegades la nostra aventura als de la colla, en l'entrenament. La Geraldine no va aconseguir dissimular el seu interès i va acabar parlant amb mi. Semblava que s'havia oblidat de l'enrabiada.

Jo ho vaig aprofitar per preguntar-li si no volia que li deixés més llibres, i ella em va dir que sí. Per la cara que va fer, em sembla que de seguida li va saber greu haver acceptat; però, com que és com és, ja no es va fer enrere i quan vam acabar va acompanyar-me a casa.

—Però no m'hi quedaré gaire, eh? No tinc temps —em va avisar.

—Com vulguis —vaig dir-li.

Tot i les presses, va entrar a casa i la biblioteca de la tia Rose també li va fer oblidar una mica que estava enrabiada amb mi. Quan va haver triat dos llibres, se'n va recordar de nou.

—Me n'he d'anar —va dir, posant-se dreta.

Jo havia estat rumiant molt el que li volia dir. Vaig haver de fer un esforç terrible, però sabia que, si no ho deia llavors, segurament ja no tindria cap més oportunitat per fer-ho, de manera que em vaig llançar sense pensar-m'ho més, com la primera vegada que havia entrat al jardí de la Casa de les Acàcies.

—Perdona —vaig dir.

No us podeu imaginar com és de difícil, de vegades, pronunciar aquesta paraula.

Ella se'm va quedar mirant com si no ho hagués entès. Però ara que ja havia fet el primer pas, la resta no em va costar tant.

—L'altre dia, en el partit de rugbi amb els de Pont-Blaise, tots et vam tractar molt malament: ningú no va voler reconèixer que havíem guanyat gràcies a tu. Jo volia dir-ho, però sóc nou a la colla i em va fer por que es fiquessin amb mi i que s'enfadessin. Em sap greu: no passarà més.

Ella m'havia escoltat molt seriosa, sense dir res. De sobte, però, em va somriure i li van brillar els ulls.

—No passa res. És veritat que em va saber greu, però ja està... De fet, qui en té la culpa de debò és el meu germà, que és un estaquirot, però ell s'ho perd.

—És veritat: ell s'ho perd.

De cop, la Geraldine ja no tenia pressa per marxar. Ens vam quedar xerrant fins a les tantes: dels llibres que havia llegit, dels que s'enduria, del jardí, del senyor Gouzes, de les maduixes...

La vaig convidar a venir-ne a menjar abans que no s'acabessin. No li havia demanat permís al Thomas, però estava segur que hi estaria d'acord. I, si no, sempre podríem ficar-nos-hi per la nostra entrada secreta.

Però no ha calgut. Hi hem anat aquesta tarda i el Thomas ens ha rebut amb molt de gust. La Geraldine estava tan entusiasmada que el Thomas li ha dit que potser l'estiu que ve també podria agafar-la a ella d'ajudanta.

Després, hem tornat a passar pel laberint i aquesta vegada hem rigut i hem cridat tant com hem volgut. I al final m'he atrevit i li he fet un petó. He hagut d'apagar-me els pensaments, com sempre, però l'hi he fet. I ella no s'ha enfadat, al contrari: s'ha posat molt contenta, i ara ja és clar que estem enamorats.

Suposo que em farà una mica de vergonya que ho sàpiguen els de la colla, perquè segur que es ficaran amb nosaltres, però m'és igual. Aquesta vegada no penso pas dissimular: ja n'hi ha prou d'amagar el cap sota l'ala.

14

Per fi! El senyor Gouzes ja ha tornat a casa! Encara no està bé del tot i ha d'anar amb compte de no cansar-se, però la mare diu que ara ja ha passat el perill. Cada dia surt a passejar una estona pel jardí i es queda a xerrar amb el Thomas i els seus ajudants: amb mi també.

—Ja veuràs —em diu—, ara que arriba la tardor, quins colors que agafen les fulles...

Al senyor Gouzes li agrada molt el seu jardí, però també li fa una mica de por avorrir-se, perquè ell està acostumat a treballar i a dur sempre coses entre mans; encara que ja veu que no pot continuar ocupant-se dels seus negocis: el seu cor no està per aguantar tants nervis i tantes tensions i, a més, la Thérèse ho fa molt bé. Fins i tot és ella qui s'ha encarregat de la qüestió dels nebots: es veu que els ha denunciat per haver intentat raptar el senyor Gouzes i que hi haurà un judici i podria ser que anessin a la presó. Però, tant si hi van com si no, a la Casa de les Acàcies no hi tornaran a posar els peus. Ens ho ha explicat ella mateixa aquesta tarda, a l'hora de berenar.

El senyor Gouzes ens ha convidat per donar-nos les gràcies d'haver-li salvat la vida: hi érem el Thomas, la mare, el Benoît, l'Hector, la Thérèse Pechmerle i jo.

La mare ha hagut de demanar permís a la fonda i la mestressa ha rondinat molt i per poc no l'hi dóna. La Lise estava més indignada que mai i ha repetit, com sempre, que li agradaria muntar el seu hotel i deixar plantada aquella mala pècora. Potser ha estat per això que se m'ha acudit la idea quan el senyor Gouzes ens ha explicat que, de totes maneres, ell trobava aquella casa massa gran per viure-hi i que no sabia què fer-ne.

—Per què no hi fa un hotel? —he dit.

I he notat que em tornava molt vermell, perquè tots m'han mirat com si hagués dit el disbarat més gros del món.

Però, després, el senyor Gouzes m'ha preguntat com se m'havia acudit i jo li he explicat el que diu sempre la Lise, i que la fonda és molt dolenta, que l'amo i la mestressa són uns antipàtics, que la mare no hi pot cuinar tot el que realment sap, que la Lise tenia moltes idees... I el senyor Gouzes anava fent que sí amb el cap i anava comentant:

—No està mal pensat, no, no... Què et sembla, Thérèse? —ha dit al final.

—No, no està mal pensat —ha fet ella.

I ha estat com si haguessin donat el senyal de sortida d'una cursa, perquè immediatament tots s'han posat a parlar del projecte i a discutir com es podria transformar la casa i com podrien fer les habitacions i on es podria instal·lar el restaurant; i el senyor Gouzes demanava a la mare si voldria treballar per a ell i li assegurava que tindria carta blanca per preparar els plats que li donés la gana; i a veure si podria parlar amb la Lise, també; i deia que ell no s'hi havia ficat mai, en allò dels hotels, però que, ben mirat, podria ser força divertit...

I, a mi, ja no m'han fet cas en tota la tarda. Però m'és igual, perquè aquella conversa m'ha acabat avorrint, tot i que la idea havia estat meva. De manera que he sortit a passejar una estona pel jardí i he anat a veure què feia la meva perera.

I he collit les últimes maduixes per portar-les demà a la Geraldine.